NOTES

SUR

LES DERNIERS MOMENTS

DE

HENRI DE LA PERRAUDIÈRE

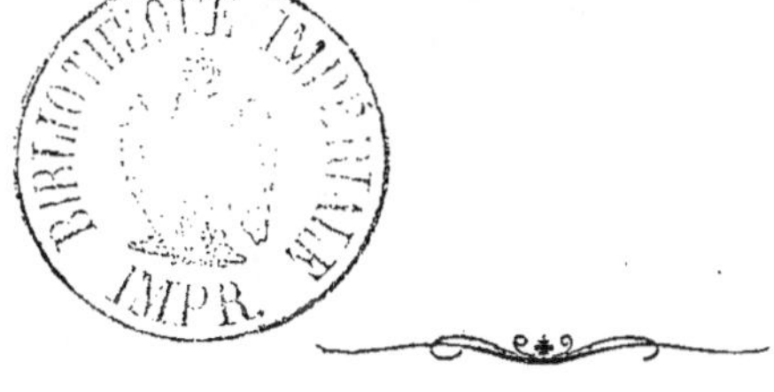

ANGERS

J. LEMESLE, IMPRIMEUR-LIBRAIRE

Place Saint-Martin, n° 1.

—

1 8 6 2.

NOTES

SUR LES

DERNIERS MOMENTS

DE

HENRI DE LA PERRAUDIÈRE.

Lettre de Monsieur le docteur E. Cosson à Monsieur Charles de Senot :

Bougie, 3 août 1861.

Monsieur,

Connaissant toute l'affection que vous portiez à notre excellent ami et compagnon de voyage Henri de la Perraudière, j'ai cru pouvoir vous adresser, par l'intermédiaire de M. Boreau, directeur du jardin botanique d'Angers, une dépêche télégraphique pour vous annoncer la mort qui est venue frapper de la manière la plus imprévue, et presque subitement, ce camarade si dévoué qui, par la force de son organisation, semblait celui de nous tous qui devait être le plus à l'abri de la maladie. Ignorant votre adresse, je vous expédie cette lettre à Angers, rue du Cornet, avec prière de vous la faire tenir immédiatement, car ce ne sera pas trop de toute votre prudence pour prendre tous les ménagements nécessaires dans l'annonce de cette fatale nouvelle à une mère, à une sœur encore malade, et à un frère aussi dévoué que Monsieur Joseph.

Je suis, ainsi que MM. Le Tourneux et Kralik, mes compagnons de voyage, encore tellement accablé par l'affreux malheur qui vient de nous frapper, que je serais incapable en ce moment, de vous donner sur la maladie de notre pauvre ami, des renseignements aussi précis que je voudrais pouvoir le faire. Aussi aurons-nous recours au médecin qui l'a soigné avec autant d'habileté que de dévouement, pour faire connaître à la famille toutes les phases de cette maladie d'abord si légère en apparence, et qui devait, contre toutes les prévisions de la science et de l'amitié, aboutir, après un semblant de convalescence qui nous a trompés tous, à une issue si terrible et si prompte.

Pour mettre un peu d'ordre dans l'exposé des faits. je ne puis mieux faire, dans l'état de stupeur où nous nous trouvons tous, que de vous reproduire l'emploi des dernières journées de notre voyage.

Le 19 juillet, nous quittions Djijelly tous en parfaite santé pour nous rendre aux montagnes des Babors, l'un des buts principaux de notre voyage, et nous les atteignions le 21 de grand matin, en partant du dernier campement en avant de nos bagages. Après quelques instants de repos, nous faisions une première reconnaissance dans la montagne, et la fin de cette course fut attristée par une nouvelle qui nous affecta tous bien vivement. Un des Kabyles conduisant les mulets qui portaient nos bagages, était tombé mort d'une attaque d'apoplexie foudroyante dans le court trajet qui séparait notre dernier campement du pied des Babors. Ce triste évènement, premier accident sérieux de notre route, fut l'objet de notre conversation pendant toute la soirée, et nous laissa tous sous la plus fâcheuse influence. Le 22, Henri de la Peraudière était encore en parfaite santé et, conjointement avec nous, s'était occupé toute la matinée de la préparation des récoltes de la veille. Vers quatre heures du soir, nous allions explorer un ravin profondément encaissé, l'un des affluents principaux du cours d'eau de la vallée ; là peut-être notre ami a pu être atteint par le froid, étant en transpiration, et il nous a dit à plusieurs reprises avoir ressenti un premier frisson en voyant un de nos guides, le cheik Messaoud, s'élancer sur une pente dangereuse pour recueillir une plante qu'il lui avait signalée. Du reste Henri dîna avec nous de fort bon appétit et n'éprouva rien de particulier pendant la nuit, si ce n'est un peu d'agitation, ce qui lui était assez habituel.

Le 23, nous nous sommes transportés à dos de mulet, au-dessus de la région boisée du Tababor dont il ne nous restait plus que quelques centaines de mètres à franchir à pied pour en atteindre le sommet. Cette courte ascension qui, dans les conditions habituelles, n'eût été rien pour notre intrépide compagnon de voyage, ne pût être exécutée par lui qu'avec lenteur et une extrême fatigue ; il n'arriva guère au sommet qu'en même temps que moi, tandis qu'habituellement il me distançait de beaucoup. Après quelques instants de repos pris à l'ombre d'un cèdre, à l'occasion du déjeuner, il se remit assez complètement pour s'occuper de l'exploration du sommet, mais en nous laissant le soin de visiter les crêtes les plus éloignées. De même, pour éviter de nouvelles fatigues, au lieu de descendre avec nous la montagne à pied, il regagna avec un guide le lieu où nous avions laissé les mulets, et en monta un pour revenir au campement. Grâce à ces précautions, il parut débarrassé de toute indisposition, et le soir il put prendre part au repas commun.

Le 24, après nous avoir aidés dans la matinée à préparer les plantes, il déjeuna, mais sans appétit. Dans l'après-midi ; il éprouva le besoin de prendre un peu de repos sur son lit de cantine, et comme je lui trouvais un peu de fièvre, le teint un peu jaune et la langue chargée, je l'engageai à garder le lit et à se mettre à la diète, me réservant de lui administrer le lendemain un purgatif, si la limonade et une légère infusion de tilleul ne suffisaient pas pour dissiper cette indisposition en apparence si légère, et qui paraissait semblable à celles auxquelles il était habituellement sujet.

Le 25, après une nuit un peu agitée, il avait un peu de fièvre et, les autres symptômes persistants, je lui fis prendre environ 40 grammes de sulfate de soude avec un gramme d'ipécacuanha. Cet inuto-cathartique ne provoqua aucune évacuation alvine et seulement deux ou trois faibles vomissements un peu bilieux. Il va sans dire que le malade, convenablement couvert, fut maintenu au lit ; il ne prit le soir qu'un œuf à la coque. alors que la fièvre et la transpiration avaient notablement diminué.

Le 26, la fièvre persista d'une manière continue et, constatant une faiblesse assez prononcée dans la respiration à la base du poumon gauche, je lui appliquai sur ce point, où il ressentait une douleur profonde en respirant et où la percussion révélait une matité assez étendue, un large vésicatoire. Cette application avait pour but de conjurer le développement d'une pleurésie, qui me semblait imminente, et de nous permettre d'amener le malade sans danger à Bougie, dont nous n'étions séparés que par distance d'une vingtaine de lieues. Vers trois heures, au moment où le vésicatoire commençait à agir, nous avons quitté le campement du Tababor et Henri se sentait assez bien pour préférer monter à mulet au lieu de prendre place sur le cacolet, comme nous lui proposions de le faire. A quatre lieues de là, après avoir heureusement effectué ce trajet dans un pays difficile, étroitement enveloppé dans son burnous, nous l'installions en quelques minutes sur un lit de cantine muni d'un matelas. Bien qu'ayant toujours un peu de fièvre, après avoir pris un œuf à la coque, il passa une assez bonne nuit. J'avais avant son sommeil enlevé son vésicatoire qui avait bien pris, et l'avais pansé.

Le 27, accompagné de M. Le Tourneux et du Caïd, qui lui prêta sa mule, meilleure que celles dont nous disposions, il se mit en route vers cinq heures du matin par une température suffisamment chaude et un temps très calme. Environ à cinq lieues plus loin, à l'Oued-Agrioun, nous dûmes faire halte pour changer de mulet. Mais dès que le malade se fut suffisamment reposé, sans attendre l'arrivée de nouveaux mulets, nous fîmes partir Henri en cacolet, accompagné de MM. Le Tourneux et Kralik, et du cheik de la localité. En ce moment il y avait un peu de fièvre, et ce mouvement fébrile pouvait tout aussi bien s'expliquer par la fatigue du voyage que par le vésicatoire lui-même. De l'Oued-Agrioun jusqu'à Bougie la route suit la côte et ne présente pas d'accidents de terrain, si ce n'est toutefois à la montagne de Si-Reban qui, plongeant son pied dans la mer, doit être gravie. Pour cette courte portion du trajet, il deve nait impossible en raison des difficultés du terrain, de continuer à se servir du cacolet. Henri dut donc remonter momentanément à mulet, et à ce moment ses forces étaient si peu abattues, qu'il enjamba sa monture sans attendre l'aide qu'on se préparait à lui donner, et même sans se servir des étriers. Au sommet de la montagne au contraire, il se sentit pris d'une extrême faiblesse et voulait même, craignant de ne pas pouvoir supporter la fatigue de la route jusqu'à Bougie, passer le reste de la journée et la nuit dans un village Kabyle. Cédant à nos instances, il continua ce pénible trajet dans cette montagne difficile sans avoir besoin de secours pour se tenir sur son mulet. La descente de la montagne étant effectuée, il se sentit assez fort pour insister lui-même pour que l'on se rendit directement à Bougie, au lieu d'attendre une barque que l'on aurait pu lui procurer pour les quelques lieues qui restaient à faire. Enfin à sept heures du soir nous étions heureux de l'installer dans un bon hôtel (hôtel de la Marine), dans une grande chambre bien aérée et dans un bon lit. Sans avoir pris le temps de descendre de cheval on avait prévenu le médecin de colonisation, M. le docteur Vaulot, indiqué par le chef du bureau arabe et le maître de l'hôtel comme méritant toute confiance. La visite de M. Vaulot fut immédiate, et je fus heureux de constater avec lui que bien que la fièvre persistât (84 pulsations), tous les accidents du côté de la poitrine avaient cessé. Le diagnostic de M. Vaulot fut que le malade avait une fièvre rémittente avec exacerbations peu régulières, et que l'emploi du sulfate de quinine ferait bientôt cesser. Une première dose suffisante fut donc administrée. La nuit fut agitée ; il y eut une sueur abondante, mais pas d'accès intercurrent.

Le 28 au matin, le pouls donnait moins de 80 pulsations. Une purgation par le sulfate de soude donna de très bons résultats. Dans l'après-midi, une nouvelle dose de sulfate de quinine fut administrée et le pouls ne s'éleva un peu et que momentanément vers deux heures. Des bourdonnements d'oreilles prouvaient que le sulfate de quinine était parfaitement absorbé. La nuit ne présenta rien de particulier que la continuation de la transpiration.

Le 29 on administra plusieurs doses de sulfate de quinine ; il n'y eut pas de fièvre continue et pas d'accès : quelques aliments légers furent permis, et médecin, malade et amis croyaient à une guérison complète. La nuit fut exceptionnellement calme.

Le 30, au matin, l'état était aussi satisfaisant, et après nous être entretenus avec M. Vaulot sur le complément du traitement, et sur toutes les précautions à prendre, et après avoir vu confirmer par lui l'opinion que nous avions nous même que le malade était plutôt guéri que convalescent, nous nous décidâmes M. Le Tourneux et moi, sur les instances d'Henri lui-même, à continuer l'exploration que nous avions entreprise et nous nous mîmes en route pour Lella Kredidja. M. Kralik restait à Bougie pour veiller à ce que rien ne manquât à Henri, faire exécuter les prescriptions médicales, et empêcher toute imprudence. Par dépêche télégraphique j'avais demandé au Général Desveaux, commandant la province de Constantine, des places de 1re classe pour le paquebot du huit août pour Alger, car tout faisait croire que le voyage pouvait être fait sans aucun inconvénient.

Nous étions partis depuis quelques heures à peine, lorsqu'il se produisit un changement fâcheux qui se révéla par le besoin de changer incessamment de position et de lit ; un léger délire se produisit d'une manière intermittente, malgré plusieurs doses de sulfate de quinine. La transpiration fut abondante pendant toute la fin de la journée, et la nuit, M. Kralik, justement inquiet de ce changement, ne quitta pas la chambre du malade dont l'agitation ne parut se calmer que vers trois heures du matin.

Le 31, à partir de trois heures du matin, l'abattement fut extrême, la transpiration prodigieusement abondante et incessante, les pulsations nombreuses et faibles, malgré plusieurs doses de sulfate de quinine ordonnées par M. Vaulot, qui fit trois visites dans la matinée. Vers deux heures de l'après-midi, nouvelle visite du médecin qui amena en consultation M. le docteur Acarias, chirurgien major aux tirailleurs indigènes. Alors encore les deux docteurs avaient l'espoir de pouvoir combattre efficacement les symptômes graves qui s'étaient produ ts d'une manière si imprévue, au moment même où la guérison paraissait le plus assurée. Vers trois heures et demie, M. Kralik observant chez le malade un léger délire et une certaine surexcitation, pria M. Vaulot de venir une cinquième fois. Il n'y eut malheureusement plus lieu à de nouvelles prescriptions : et M. Kralik s'empressa de faire prévenir le curé pour apporter à notre malheureux ami les suprêmes consolations de la religion et les derniers sacrements. A cinq heures, sans souffrance apparente, exhalait son dernier soupir celui d'entre nous qui par sa forte organisation semblait avoir le moins à craindre les atteintes de la maladie.

Comme j'ai eu l'honneur de vous le dire plus haut, nous étions en ce fatal moment, M. Letourneux et moi, en route pour la Haute-Kabylie, et à près de vingt lieues de Bougie, à Akbou. Ce n'est que le 1er août, à une heure, que nous reçumes par un cavalier, la lettre dans laquelle M. Adeler, chef du bureau arabe nous faisait part du malheur qui nous frappait si cruellement, au moment même où nous étions en si complète sécurité sur l'état du malade, et où nous nous entretenions du plaisir que nous aurions à lui communiquer le produit de nos herborisations. Avec des mulets fatigués, après avoir voyagé pendant presque toute la nuit, nous ne parvînmes cependant, malgré tous nos efforts à regagner Bougie que le 2 à huit heures du matin. M. Kralik, aidé avec le plus louable empressement par un des amis de M. Le Tourneux, M. Garnier, commandant d'artillerie, avait déjà pu faire une partie des démarches nécessitées par cet affreux malheur. Il avait demandé par le télégraphe à la sous-préfecture de Philippeville et obtenu l'autorisation de procéder à un embaumement; mais déjà, après vingt heures seulement, il fut impossible de pratiquer cette opération. On dut se borner à conserver le cœur, que nous rapporterons en France, ainsi que les cheveux que l'on a eu le soin de couper.

Les restes mortels de notre regretté et si regrettable ami ont été déposés dans un cercueil en zinc recouvert d'un autre cercueil en bois; on serait ainsi à même de procéder plus tard à leur translation en France. Par une lettre d'invitation, nous avions convoqué au service funèbre toutes les autorités civiles et militaires, et les notables de la ville: tous ont répondu à notre appel et se sont fait un devoir d'assister au service funèbre qui a été célébré avec autant de dignité qu'il a été suivi avec recueillement. (1) Si quelque chose pouvait atténuer la douleur dont nous sommes accablés, ce serait la sympathie générale qui a été témoignée à notre pauvre ami. Jamais aucune mort n'avait excité à Bougie une impression aussi vive en raison des circonstances si imprévues et si impossibles à prévoir et à conjurer, dans lesquelles a succombé notre dévoué et courageux compagnon de voyage.

M. Garnier, commandant d'artillerie, dont le concours a été si dévoué, M. Adeler, chef du bureau arabe, M. Passérieux, juge de paix et M. Pourbois, sous-intendant militaire, avaient réclamé le pénible honneur de tenir les coins du poële. M. Le Tourneux se faisant l'interprète de nos sentiments, a rappelé en quelques mots prononcés sur la tombe encore ouverte, les services rendus à la science, et surtout à la botanique, par les voyages d'exploration de Henri de la Perraudière, et a remercié au nom de la famille, tous les assistants des témoignages si éclatants de sympathie dont ils ont entouré la mémoire de celui que nous venions de perdre si malheureusement. Dans une réponse faite au nom de la ville, le maire a montré combien était apprécié ici le dévouement de Henri de la Perraudière qui loin d'avoir, comme trop de jeunes gens, gaspillé sa fortune et sa vie dans le désordre, les avait consacrées au but si noble d'enrichir par ses recherches, et par des voyages souvent dangereux, la science de nouvelles découvertes.

(1) Voici le texte de la lettre d'invitation :

Les compagnons de voyage de M. Henri-René Le Tourneux de la Perraudière, décédé à Bougie avant-hier, 31 juillet, à l'âge de 30 ans, muni des sacrements de l'Eglise, dans le cours d'une exploration scientifique, ont l'honneur de vous inviter à assister aux funérailles de leur ami, qui auront lieu aujourd'hui à cinq heures du soir.

E. Cosson. — A. Le Tourneux. — L. Kralik.

Bougie, 2 août 1861.

Je ne puis terminer sans vous affirmer de la manière la plus absolue, et vous pouvez transmettre cette assurance à sa famille, que notre cher et regretté compagnon de voyage n'a manqué d'aucun des soins de la médecine, ni de la sollicitude de l'amitié ; et que cette mort que l'on pouvait si peu prévoir a été pour le médecin comme pour nous un véritable coup de foudre.

Jamais, dans aucun de nos voyages, nous n'avons pris aussi peu de fatigues, jamais nous n'avons traversé de pays relativement plus sain, jamais surtout nous n'avons eu à notre disposition des moyens de transport et de campement plus complets, jamais nous n'avons été à plus de deux journées de marche de centres importants de civilisation ; comme d'habitude, nous avions dans notre pharmacie de voyage tout ce qu'il fallait pour parer aux cas de maladie, et c'est dans des conditions en apparence si favorables, la maladie ayant été combattue dès son début, le malade étant installé dès le quatrième jour dans un bon hôtel où rien ne lui a manqué, que la mort devait frapper notre ami, déjà acclimaté par trois voyages antérieurs, heureusement exécutés avec nous en Kabylie, dans les Aurès et dans le sud des provinces de Constantine et d'Alger ! Les prévisions de l'homme et sa prudence sont bien peu de chose en face des décrets de la Providence !

Nous avons eu particulièrement à nous louer du dévouement de M. le docteur Vaulot, qui chaque jour a visité le malade au moins deux fois, et qui dans la fatale journée du 31 lui a fait cinq visites. M. Acarias appelé en consultation a également montré une obligeance désintéressée, dont nous lui sommes des plus reconnaissants.

Je ne saurais, Monsieur, vous exprimer toute la douleur dont nous accable la perte si cruelle que nous venons d'éprouver par la mort fatale de Henri de la Perraudière, qui nous avait donné de si nombreuses preuves d'amitié, de confiance et de dévouement, et auquel de mon côté j'avais voué une si profonde affection : c'est à peine si j'ai pu trouver la force de vous charger de la pénible mission de transmettre à sa famille tous ces détails.

Sous le coup d'un semblable malheur, nous n'avions plus ni les forces morales, ni les forces physiques nécessaires pour continuer notre voyage. Par le prochain courrier du 8, nous nous rendrons à Alger, après avoir rempli tous les devoirs que nous impose l'amitié. Et nous pensons rentrer en France par le courrier partant le 13 d'Alger. Je vous serai très reconnaissant de m'accuser réception de cette lettre par un mot que vous m'adresseriez poste restante à Marseille.

Recevez.

E, COSSON.

P. S. Par les soins de Monsieur le Commandant Garnier, la tombe de notre malheureux ami a été entourée d'une balustrade et ornée de fleurs ; une dalle en marbre la recouvre et porte l'inscription suivante :

A

HENRI-RENÉ LE TOURNEUX DE LA PERRAUDIÈRE,

BOTANISTE,

Mort à Bougie dans le cours d'une exploration scientifique ,
le 31 juillet 1861.

SES COMPAGNONS DE VOYAGE.

Lettre de Mgr le Comte de Chambord à M. Joseph de la Perraudière :

Frohsdorf, le 31 août 1861.

Je reçois, mon cher la Perraudière, la lettre par laquelle vous m'annoncez l'affreux malheur qui vient de vous frapper d'une manière si imprévue, et je veux vous dire ici moi-même la part bien vive que je prends à votre profonde douleur et à vos justes regrets. Pendant les quelques jours que votre frère Henri avait passés il y a trois ans avec vous à Frohsdorf, j'avais pu apprécier ses rares qualités et ses nobles sentiments. Je perds en lui un de mes meilleurs amis, dont le dévouement était égal au vôtre. Il est mort comme il avait vécu en vrai chrétien et en Français fidèle. Je sais tout le vide que ce frère chéri laisse dans votre cœur et dans votre existence. Aussi est-ce du fond de mon âme que je m'associe à votre affliction. Soyez dans cette triste circonstance mon interprète auprès de votre mère si cruellement éprouvée, et auprès de toute votre famille, et croyez toujours vous-même à ma bien sincère affection.

HENRI.

Lettre de Monsieur le curé de Bougie à Madame de la Perraudière :

Bougie, le 28 novembre 1861.

Madame,

Il est des nécessités contre lesquelles la volonté est impuissante, et qu'il faut subir bon gré malgré. Une fièvre du caractère le plus dangereux, qui plusieurs fois m'a mis dans un état désespéré, a été la cause, l'unique cause de mon silence. Jeté mourant sur un bateau qui partait pour Alger, j'ai réussi à conjurer le danger, grâce à la miséricorde divine qui a daigné m'épargner encore cette fois, grâce aussi aux soins dont j'ai été entouré (à Alger) auprès de Mon seigneur. Rentré à mon poste après une longue absence, je trouve les deux lettres que vous m'avez fait l'honneur de m'écrire. Je suis désolé du chagrin que j'ai involontairement causé par mon retard à une mère si affligée, que je vénère profondément. Après cette simple explication, sans laquelle ma conduite serait inconcevable, je vais tâcher de recueillir mes souvenirs, et répondre de mon mieux à vos pieux désirs. Encore tout meurtri des atteintes d'un mal terrible, j'ai besoin de toute votre indulgence.

Au premier appel, j'accours auprès de ce Fils bien-aimé, objet de tant de regrets. Je me jette à genoux. et, après une fervente prière, je lui adresse quelques paroles. La marche du mal avait été si rapide, que je n'ai pu obtenir aucun signe. Il ne me restait qu'à lui donner les Sacrements de pénitence, Extrême-Onction, l'indulgence à l'article de la mort, et à réciter les dernières prières. Malgré la gravité de sa position, je crois bien qu'il avait un vague sentiment du ministère que j'exerçais auprès de lui, car à plusieurs reprises, j'ai cru saisir sur sa figure quelques éclairs d'intelligence, en entendant les belles paroles de l'Eglise que j'avais soin de prononcer très-distinctement.

Des personnes très-dignes de foi m'ont assuré que le matin du dernier jour, il avait dit avec énergie à ceux qui l'entouraient, qu'il était catholique et non protestant et qu'il entendait mourir en catholique. A trois heures encore il répétait les mêmes paroles au médecin qui le soignait et il ajoutait : si vous remarquez que je sois en danger, envoyez chercher un prêtre. Le médecin, excellent homme, qui ne croyait pas à un danger prochain, s'efforca de le calmer. Un instant après, un nouvel accès d'une violence inouie fondait sur lui comme la foudre. C'est alors que j'ai été appelé. Avec de si chrétiennes dispositions, je ne m'étonne plus à cette heure de la confiance que j'ai sentie au fond de l'âme tout le temps que j'ai prié, comme si j'étais auprès d'un ange ; confiance que j'éprouve si rarement en exerçant le ministère dans de telles conditions. Ma surprise a été au comble après les derniers efforts de la fièvre qui l'a emporté. Au lieu de ces traits bouleversés, qui suivent les dernières convulsions, sa figure a pris tout-à-coup une expression céleste ; une douce lumière semblait se jouer dans ses traits ; il ressemblait à un ange qui sourit. Etonné de ce phénomène, que les personnes présentes ont pu remarquer, j'ai demandé vivement le nom du jeune homme. Un de ses compagnons de voyage, d'une voix étouffée par les sanglots, m'a dit ce nom, qui a été pour moi un trait de lumière. Quelques jours auparavant, M. Jacquin, médecin en chef de l'hôpital, qui avait été dans l'intimité de M. Henri de la Perraudière l'année dernière dans l'Ardèche, me disait des choses merveilleuses à son endroit : il me citait ni plus ni moins cet aimable jeune homme comme une glorieuse exception du monde moral. Ce nom m'avait encore frappé ailleurs : je l'avais vu récemment associé à un nom célèbre, celui du plus grand homme de guerre de notre temps, que j'avais admiré et béni pour ses bienfaits, étant curé à Mascara, et qui depuis a mis sa vaillante épée au service de la plus noble cause. Inutile de dire l'émotion qui s'est emparée de moi à ces souvenirs. J'ai admiré la miséricorde de Dieu, qui m'avait appelé auprès de cet excellent jeune homme que j'aimais sans le connaître. J'ai senti ma confiance redoubler. J'aurais volontiers donné tout le sang de mes veines pour le rendre à la vie et à sa noble mère. Mais les pensées de Dieu ne sont pas nos pensées. Nous ne voyons rien ou peu de choses, Dieu voit tout. Lui qui par vos mains, avait formé, élevé avec des soins infinis cette âme d'élite, qui l'avait si bien préservée de la contagion du monde, qui sait si, en se hâtant ainsi, sa bonté n'a pas voulu le mettre à l'abri de quelque danger, peut être prochain, que l'avenir lui réservait. Ce dessein est digne de Dieu. Cet enfant bien-aimé n'a donc rien perdu. De la vallée des larmes, il est allé au ciel, dans la société de Dieu et des anges. Que de motifs pour se rassurer ! Sa fidélité constante ne s'est j'amais démentie, cette pureté inaltérable qui brillait même sur son front, la charité divine qui en est insépa-rable, les sentiments chrétiens manifestés peu avant la fin, tous ces motifs et autres connus de Dieu, doivent nous tranquilliser pour son salut futur. Et s'il y y avait encore quelques restes des fragilités humaines, les dernières douleurs saintement subies, les Sacrements, les prières si touchantes de l'Eglise, plus tendre, plus active dans cette crise dernière les auront certainement effacés. La nature, je le sais, a conservé ses droits, et vous avez dû beaucoup souffrir. Toutefois, je connais par vos lettres la force de votre caractère, fortifié encore par les sentiments de cette résignation toute chrétienne qu'on puise au pied de la Croix, et je me persuade qu'après les regrets donnés à une perte si sensible, plus calme et plus résignée, vous avez vu ce fils chéri dans le ciel. Dans la réalité, c'est là que vous le désiriez. Il ne vous a pas quittée pour toujours, il n'a fait que vous devancer. Ce qu'il a perdu est bien peu de chose ; ce qu'il a acquis est immense. Il vous reste la plus belle, la plus noble partie de lui-même, je veux dire le souvenir de ses douces vertus et de son amour : car il ne cesse pas de vous aimer et d'un amour plus pur que celui dont il vous aimait sur la terre. Prions pour lui, mais prions le encore davantage pour nous.

Recevez.....

RONZAUD, curé.

P. S. Je manquerais à mon devoir si je taisais la douleur, la désolation pro-fonde de M. le docteur Cosson ainsi que de M. Kralik après le triste évènement. Toute la population a été frappée de leur tristesse. Ils ont fait tout ce qu'il était humainement possible de faire. Je ne dis rien du concours de toute la population qui a assisté en masse au service, depuis le commandant supérieur et le maire, jusqu'au plus petit artisan. Ce serait vous répéter des faits déjà connus. Mais je ne dois pas passer sous silence la générosité de M. le docteur E. Cosson pour les pauvres. Il m'a chargé de leur distribuer une somme d'argent.

Extrait du discours prononcé par M. le docteur Chatin, à l'ouverture de
la session extraordinaire de la Société Botanique de France, à Nantes.

Août 1861.

Messieurs,

. . . .

. . . . Pourquoi faut-il qu'un voile funèbre soit venu fatalement
s'étendre sur la joie de cette session comme sur celle de la session de Mont-
pellier en 1857 ! Graves, qui contribua pour une si large part à la fondation de
notre Société, et qui trouvait encore, au milieu des rares loisirs que lui laissait
la direction générale des Forêts, le temps (hélas ! aux dépens de sa santé) de
faire de bonnes observations de géologie et le catalogue des plantes de l'Oise.
Graves était descendu dans la tombe le jour même de notre départ pour Mont-
pellier. Hier une bien triste nouvelle nous est arrivée d'Afrique.

M. Henri de la Perraudière, cet excellent collègue que nous étions si heureux
de voir à nos sessions, qui le 16 juin encore, cueillait avec plusieurs de nous
les espèces rares de la Flore de Compiègne. M. Henri de la Perraudière est
mort plein de jeunesse et de santé, aux côtés de son ami M. Cosson, qu'il avait
voulu, poussé par un sort funeste, accompagner dans ses derniers voyages
d'exploration pour la Flore de l'Algérie. Cette fois encore, la mort a choisi,
parmi les meilleurs, le plus fort et l'un des plus jeunes !

Un ami dès longtemps initié aux qualités du cœur et de l'intelligence du bon
compagnon que nous venons de perdre, vous fera connaître cette vie qui,
comme par la prévision d'une fin prématurée que tout semblait cependant
devoir éloigner, aimait à se verser par avance en épanchements intimes. Mais
c'était notre devoir de jeter un premier cri de sympathique douleur sur la
tombe du digne et à jamais regretté Henri de la Perraudière. Que sa famille,
frappée si cruellement contre les lois ordinaires de la nature, puisse trouver
dans notre profonde douleur un adoucissement à celle qui l'accable !

Extrait de l'Akhbar, 13 août 1860 :

Les sciences naturelles viennent de faire une véritable perte. M. Henri de la
Perraudière, botaniste et entomologiste distingué, a succombé, à l'âge de
trente ans seulement, dans le cours d'un voyage d'exploration de la Kabylie, le
31 juillet dernier, à Bougie, à la suite d'une fièvre pernicieuse dont il avait
contracté les premiers germes au Djebel-Tababor. Il avait secondé avec autant
de zèle que de succès M. Cosson, l'un des auteurs de la Flore d'Algérie, dans
trois autres de ses voyages. Il avait visité avec lui, en 1853, Biskra et la chaîne

des monts Aurès, et en 1854 une grande partie des montagnes de la Haute-Kabylie et le Djebel-Ouarensenis ; en 1858, l'Oued Rir, l'Oued Souf, Ouargla et le Mzab. Il n'avait pas moins bien mérité de la science par un voyage de près d'un an dans les Iles Canaries. La mort de ce jeune naturaliste qui consacrait ses loisirs et sa fortune à des voyages scientifiques, excitera les regrets unanimes de tous ceux qui ont pu apprécier ses nobles qualités et son dévouement à la science.

EXTRAIT DE L'UNION DE L'OUEST, 14 AOUT 1861 :

L'*Union de l'Ouest* vient d'annoncer la mort si douloureuse et si imprévue de M. Henri de la Perraudière. Une lettre de M. Cosson, président de la commission scientifique dont il faisait partie, ajoute aux détails déjà connus les circonstances les plus touchantes.

C'est dans les montagnes de la grande Kabylie, que notre excellent ami a ressenti les premières atteintes de la fièvre qui l'a enlevé à sa famille et à la science. Il avait gravi en herborisant les sommets les plus élevés de cette chaîne de l'Atlas, et avait recueilli une ample moisson des plantes les plus rares. Surpris le 22 juillet par le frisson, au moment où il se reposait sous un cèdre, il reçut immédiatement de ses compagnons de voyage tous les secours que pouvaient prodiguer la science et l'amitié. Le 27, il avait pu regagner Bougie, la fièvre disparaissait et ses amis le croyaient sauvé, lorsqu'un nouvel et violent accès a renouvelé toutes leurs inquiétudes. Le 31, il expirait dans leurs bras, et rendait sa belle âme à Dieu, après avoir reçu les Sacrements, au milieu des consolations d'une religion qu'il avait toujours aimée et pratiquée.

La mort d'Henri de la Perraudière a été pour Bougie un deuil public, et toute la population civile et militaire s'est pressée à ses funérailles. Le colonel, commandant supérieur, les officiers de la garnison, les principales autorités de la ville suivaient son cercueil, et le Maire a voulu lui-même se rendre l'organe des sentiments de tous. Il a rappelé en quelques paroles pleines de cœur la fin du noble jeune homme, son dévouement à la science, les services qu'il lui avait rendus, l'élévation de ses sentiments, sa jeunesse pure, si active et si chrétienne.

M. Henri de la Perraudière, à un âge où généralement on s'occupe plus de plaisirs que d'études sérieuses, était devenu déjà un savant naturaliste. De nombreuses excursions dans l'intérieur de la France, aux Alpes et aux Pyrénées, quatre voyages en Algérie, et un séjour de plus de huit mois aux Iles Canaries, dont il devait compléter la Flore par ses nouvelles découvertes, quelques articles pleins d'intérêt dans des recueils scientifiques avaient étendu ses connaissances botaniques. Chaque année, son Herbier s'enrichissait de précieuses collections. Il avait redouté au sortir même du collège les dangers du désœuvrement; il lui fallait, avec sa riche nature, des fatigues, des voyages hasardeux, les périls du désert, les nuits du bivouac, les études sous la tente.

C'est au moment où il allait revenir en France rejoindre sa famille, mettre en ordre ses nouvelles collections, et bientôt peut-être signaler sa foi ardente en suivant, comme il en avait exprimé le désir, l'exemple de son généreux frère, que Dieu l'a rappelé à lui. Mais son souvenir vivra dans la mémoire de tous ceux qui l'ont aimé comme un enseignement. Il vivra surtout dans le cœur de celui qui trace ces lignes, et qui connaît depuis bien des années les sentiments de foi, de charité, d'honneur et de dévouement de tous les siens.

Comte de QUATREBARBES.

EXTRAIT DU JOURNAL DE MAINE-ET-LOIRE.

12 août 1861.

Une bien douloureuse nouvelle vient de consterner une des familles les plus considérées de l'Anjou, ainsi que ses nombreux amis. M. Henri de la Perraudière, attaché à la mission scientifique, présidée par M. E. Cosson, en Algérie, a succombé, le 31 juillet, à Bougie des suites d'une fièvre pernicieuse, contractée pendant son dernier voyage.

Malgré sa modestie, qui n'était égalée que par la loyauté de son caractère notre jeune compatriote s'était fait apprécier de nos premiers naturalistes par sa passion pour l'étude, un savoir réel et une ardeur infatigable à l'accroître chaque jour davantage. On se souvient qu'il fut nommé secrétaire au congrès de la Société Botanique de France à Bordeaux en 1859, et il s'acquitta de ces difficiles fonctions de la manière la plus honorable pour lui est pour son pays natal.

M. Henri de la Perraudière n'avait que trente ans ; après avoir réuni et mis en ordre de riches collections, nobles conquêtes obtenues au prix de bien des fatigues et de bien des périls, à la veille de rentrer au foyer maternel, où l'attendaient tant d'affectueuses félicitations, il a été frappé par l'inéxorable mort qui ne respecte pas plus le dévouement, le courage dans les travaux pacifiques que sur le champ de bataille. Le nom de M. de la Perraudière doit être désormais ajouté à la liste trop longue des victimes de l'amour pour la science. Il n'en est point de plus glorieuses, de plus dignes de sympathie et d'admiration.

Lettre de M. Joseph de la Perraudière à M. Cosson.

Angers, 29 novembre 1861.

Monsieur,

Je m'empresse de vous écrire, comme je vous l'avais promis, pour vous annoncer que ma mère nous laisse l'entière disposition des collections de mon frère Henri de la Perraudière.

Nous désirons avant tout, mon frère aîné Raoul de la Perraudière, mon beau frère et ma sœur, M. et Mᵐᵉ J. de Senot et moi suivre les intentions de l'excellent frère que nous pleurons, et dont le but fut toujours moins de recueillir pour lui-même que de se rendre utile à tous.

Persuadés que la Société Botanique de France est à la fois la gardienne la plus vigilante et le centre le plus actif des études botaniques dans notre pays, et connaissant d'ailleurs tout l'attachement que notre frère Henri avait pour cette institution en général, et particulièrement pour un grand nombre de ses membres avec lesquels il s'était lié d'une véritable amitié, nous vous prions d'être notre interprète auprès de la Société Botanique de France et de vouloir bien lui offrir, comme un hommage et comme un souvenir de celui que plusieurs de ses membres ont regretté comme un ami, l'Herbier, fruit de recherches et d'explorations qu'un malheur, dont nous ne nous consolons pas, est venu si prématurément et si tristement interrompre.

Nous nous adressons à vous, Monsieur, qui avez voulu être à la fois son ami et son guide dans la science ; ce sera un bonheur pour nous d'apprendre que la Société Botanique aura bien voulu agréer notre offre, et je vous en fait d'avance tous mes remercîments.

Recevez.....　　JOSEPH DE LA PERRAUDIÈRE.

(Extraite du Bulletin de la Société Botanique de France.
Séance du 27 décembre 1861).

Lettre de MM. Ad. Brongniart, président de la Société Botanique de France,
et de W. de Schœnefeld, secrétaire, à M. Joseph de la Perraudière.

Paris, le 10 janvier 1862.

Monsieur,

Le Conseil d'administration de la Société Botanique de France a reçu par une lettre que vous avez adressée à M. le docteur Cosson, l'annonce du don que la famille de M. Henri de la Perraudière veut bien faire à la société, des collections Botaniques de notre affectionné et regretté confrère.

En acceptant, au nom de la Société, avec une profonde gratitude, ce don précieux, le conseil nous a chargés, Monsieur, de vous transmettre ses vifs remercîments, et de vous prier aussi de les faire agréer à Madame votre mère, ainsi qu'aux autres membres de votre famille.

La Société Botanique de France déplore la perte prématurée, autant qu'elle honore la mémoire de l'excellent frère que vous pleurez. Elle sera heureuse de conserver dans son Herbier les importantes collections réunies par lui pendant ses lointains voyages avec un zèle si actif et si intelligent, et dont les nombreux échantillons resteront tous munis de leurs étiquettes authentiques.

Le souvenir de Henri de la Perraudière, qui a succombé victime de son noble dévouement à la science, se perpétuera ainsi, durant un long avenir, parmi les membres de notre association, comme il vivra dans le cœur de tous ceux qui l'ont connu.

Veuillez agréer, etc.

Au nom du Conseil d'administration de la Société Botanique de France.

La Président ; Ad. BRONGNIART,

L'un des Secrétaires : W. de SCHŒNEFELD.

Extrait des Mémoires de la Société Académique de Maine et-Loire. Dixième volume 1861.

NÉCROLOGIE.

La Société qui a appris avec un vif regret la mort d'un des ses correspondants, enfant de l'Anjou, M. Bineau, professeur à la faculté des sciences de Lyon a été non moins douleureusement affectée de la perte prématurée de l'un de ses membres fondateurs qui lui avait donné des marques non équivoques de son dévouement et de ses sympathies M. Henri de la Perraudière, faisant le plus noble usage de ses loisirs et de sa fortune, se livrait, avec un zèle digne des plus grands éloges, aux explorations d'Histoire naturelle et surtout de Botanique. Après avoir parcouru très fructueusement les îles Canaries, il terminait, en compagnie de M. le docteur Cosson, un quatrième voyage en Algérie, lorsqu'il a succombé atteint d'une fièvre pernicieuse, à Bougie, le 31 juillet 1861, à peine entré dans sa trente-unième année. M. Cosson payera, nous l'espérons, la dette de l'amitié en consacrant une notice détaillée à son digne compagnon de voyage, mais tous ceux qui l'ont connu personnellement regretteront sincèrement cet excellent jeune homme dont le cœur et l'esprit étaient ornés des qualités les plus nobles et les plus distinguées.

A. BOREAU.

Directeur du Jardin Botanique d'Angers.

Angers. — Imp. de J. Lemesle.